D1515989

**Catalogage avant publication de Bibliothèque
et Archives Canada**

Bergeron, Alain M., 1957-

Mon ami Victor

Pour enfants de 4 ans et plus.

ISBN 978-2-89608-043-4

I. St-Aubin, Bruno. I. Titre.

PS8553.E674M66 2007   jC843'.54   C2006-941838-1
PS9553.E674M66 2007

Il est interdit de reproduire, d'enregistrer ou de diffuser en tout
ou en partie le présent ouvrage par quelque procédé que ce
soit, électronique, mécanique, sonore, magnétique ou autre,
sans avoir obtenu au préalable l'autorisation écrite du
propriétaire du copyright.

Mon ami Victor © Alain M. Bergeron / Bruno St-Aubin
© Les éditions Imagine inc. 2007
Tous droits réservés

Graphisme : Pierre David

Dépôt légal : 2007
Bibliothèque nationale du Québec
Bibliothèque nationale du Canada

Les éditions Imagine
4446, boul. Saint-Laurent, 7e étage
Montréal (Québec) H2W 1Z5
Courriel : info@editionsimagine.com
Site Internet : www.editionsimagine.com

Imprimé au Québec
10 9 8 7 6 5 4 3 2 1

Conseil des Arts   Canada Council
du Canada   for the Arts

Nous remercions le Conseil des Arts du Canada
de l'aide accordée à notre programme de publication.

Société
de développement
des entreprises
culturelles

Québec

Gouvernement du Québec – Programme de crédit d'impôt
pour l'édition de livres – Gestion SODEC – Programme d'aide
aux entreprises du livre et de l'édition spécialisée.

À Dominique et à Carole...

Alain M. Bergeron

À mon père... l'homme le plus fort du monde !

Bruno St-Aubin

Quand j'étais petite, je pensais que mon grand frère Charles était le garçon de ferme le plus fort du monde.

Mais un jour, Charles est parti pour la guerre, en Europe. Ma mère était enceinte et devait garder le lit, sur l'ordre du médecin. Mon père n'avait plus comme garçon de ferme... que moi !

— Tu n'auras pas besoin d'embaucher quelqu'un, papa... Je suis capable !

— Voyons donc, tu n'es encore qu'une enfant, Marianne, a répliqué mon père.

Je savais bien qu'il avait raison. Pourtant, j'étais fâchée quand même !

Le garçon de ferme que papa avait engagé était originaire d'Europe. Il se prénommait Victor. J'étais incapable de prononcer son nom de famille avec tous ses Y, ses K et ses W.

Nous sommes allés à la gare attendre l'arrivée du gros et bruyant train à vapeur. Un jeune homme en est descendu.
— Tiens, c'est sûrement lui, ai-je dit en faisant la moue.

Mon père était déçu. Il voulait un homme pour l'aider, pas un adolescent de 15 ans.

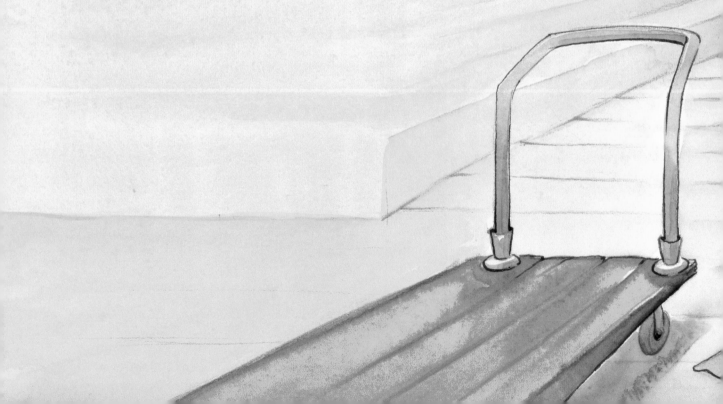

Sur le chemin du retour, nous avons croisé notre voisin, le boulanger, qui était en difficulté. La roue de sa charrette était enfoncée dans la boue. De son fouet, il frappait la croupe du cheval.

Victor a crié :

— Non ! Arrêtez !

Il a sauté à terre et il m'a fait signe d'aller le rejoindre.

— Pas question ! Je vais salir ma robe ! ai-je répondu.

Victor a haussé les épaules, déçu. Puis, il a donné une formidable poussée. À notre grande surprise, la charrette était libérée de son piège de boue !

Victor parlait peu, mais il travaillait du lever du soleil au lever de la lune ! Il ne refusait aucune tâche et il ne se plaignait jamais. Sa force était phénoménale.

Un jour, notre vieux bœuf s'est écroulé dans le champ,
épuisé par la chaleur. Victor a retiré le harnais de la
pauvre bête et il a labouré à sa place. Pour me faire rire,
il n'arrêtait pas de pousser des « meuh ! meuh ! ».
J'ai souri malgré moi.

À table, Victor était un incorrigible glouton.
S'il travaillait comme dix hommes, il mangeait
comme cent ! À chaque repas, il ingurgitait des litres
de lait, il avalait des douzaines d'œufs, il dévorait
des montagnes de patates, de viande… et même,
un jour, une tarte aux pommes au complet !
Était-ce là le secret de sa grande force ?

J'ai voulu l'imiter, au grand désespoir de mon père.
J'ai été malade, au grand désespoir de ma mère.

Un jour, à la rivière, je l'ai défié :

— Je te parie que je lance ma pierre plus loin que la tienne.

Les pieds dans l'eau, j'ai réussi à envoyer mon caillou sur l'autre rive.

— Essaie de faire mieux, monsieur Victor ! l'ai-je nargué, fière de mon coup.

Victor a fait mine de se concentrer. Il a inspiré très fort et il a amorcé son élan. Mais, au lieu de projeter sa grosse pierre au loin, il l'a laissée tomber... devant nous !

Plouf !

Le coquin !

Nous étions tous les deux trempés. Devais-je me fâcher ou rire ? Il m'a fait une affreuse grimace ! La mienne était encore plus laide. Nous nous sommes esclaffés. Et nous sommes devenus les meilleurs amis du monde.

Nous avons passé le reste de la journée à nous baigner.
Ce jour-là, il m'a confié qu'il s'ennuyait terriblement de
sa famille. Il espérait amasser suffisamment d'argent
pour rentrer dans son pays, une fois la guerre terminée.

Je le comprenais. Je pensais à mon grand frère
Charles, que j'avais si hâte de revoir. Cependant
je savais que, du même coup, Victor nous
quitterait pour retrouver les siens,
très loin d'ici. Très loin de moi...

À l'automne, nous sommes allés à la foire.

L'événement le plus couru était le concours de souque à la corde. On venait de tout le comté pour assister à cette compétition. Une bourse importante était remise au vainqueur.

Une dizaine de solides gaillards attendaient de se mesurer au champion : Hercule Samson, un colosse aux bras gros comme des jambons.

Willie Leroy a été son premier adversaire.

Hercule Samson n'en a fait qu'une bouchée !

Aucun des volontaires ne faisait le poids contre le champion. Ils finissaient tous, l'un après l'autre, couchés dans la boue.

— Alors, il n'y a plus personne pour me défier ?
a demandé Hercule Samson à la ronde.

— Oui ! Il y a encore quelqu'un ! ai-je crié en
désignant Victor.

Le champion a éclaté d'un rire mauvais.

— Hé ! moustique ! Va préparer le bain de ton
garçon de ferme. Il en aura besoin !

— Vous allez moins rire quand vous aurez la face
dans la boue ! ai-je répondu.

Victor m'a invitée à le rejoindre.

— Elle s'appelle Marianne, a corrigé mon ami,
et ce n'est pas un moustique !

— On y va ! a crié Victor en se cabrant.

Notre adversaire a eu la surprise de sa vie lorsque ses pieds ont commencé à glisser. Il s'est mis à forcer et à grogner et à tempêter… Mais en vain !

L'homme qui se prétendait le plus fort du monde s'est étalé dans la boue. Hercule Samson avait l'air d'un gros cochon.

— Faites-lui couler son bain ! ai-je lancé à la foule.

J'avais l'impression d'être la fillette la plus forte du monde !

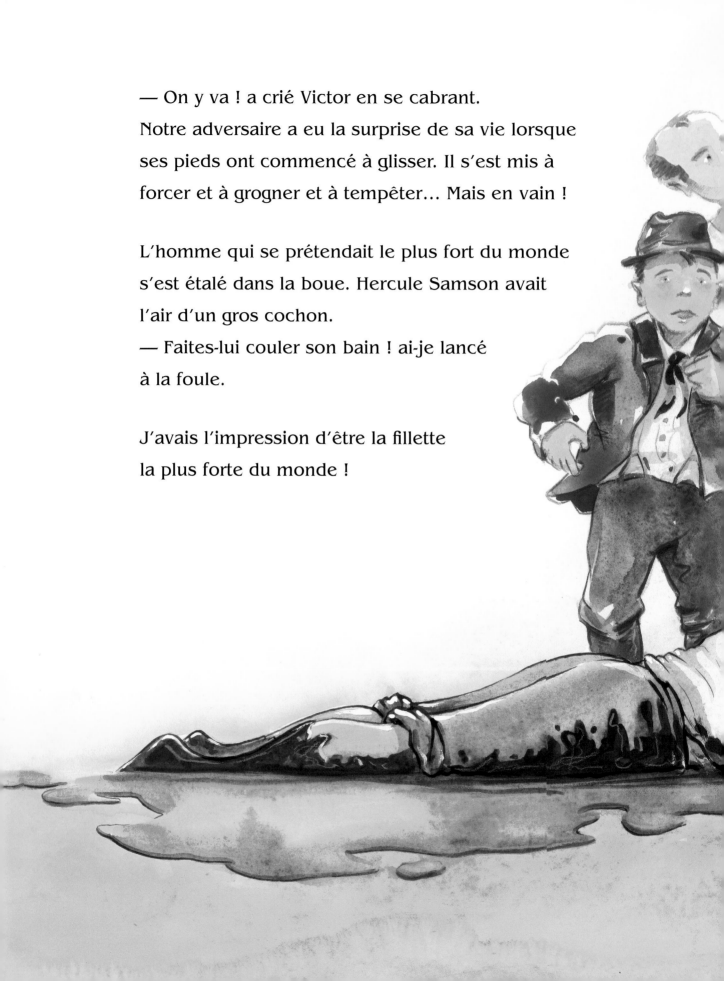

Notre joie a été de courte durée. D'abord, la pluie s'est
mise à tomber. Puis un cri a retenti.

— Vite ! Vite ! hurlait notre voisine en fendant la foule.
Au bord de la panique, elle nous a annoncé que ma mère
était sur le point d'accoucher.

— Dépêchez-vous, chaque minute compte ! a-t-elle
ajouté.

Nous nous sommes précipités chez le médecin, puis
nous avons foncé vers la ferme, à bord de
la calèche. Mais à mi-chemin, nous avons dû nous arrêter.
Un arbre immense nous barrait la route.

— Victor, il faut tenter quelque chose ! l'ai-je supplié.
Pour maman. Pour le bébé…

Victor a essayé de pousser l'arbre : c'était
impossible, même pour lui. C'est alors qu'il a aperçu
une brouette dans le champ.

En moins de deux, le médecin s'est retrouvé dedans.

— Accrochez-vous ! lui a conseillé mon ami en
démarrant en trombe.

Non seulement était-il le garçon de ferme le plus fort
du monde, mais il était aussi le plus rapide. Grâce
à lui, le médecin est arrivé à temps et ma mère a
mis au monde une deuxième fille. Victor avait sauvé
deux vies : celle de ma mère et celle de ma petite
sœur.

— Elle s'appellera… Victoria, en souvenir de cet
     exploit ! ai-je annoncé à mes parents.

          Il n'y avait pas, à ce moment-là, garçon
               plus fier dans le comté que Victor.

Le lendemain, l'organisateur du concours de souque
à la corde s'est présenté à la maison.

— Voici la bourse de 50 $, mon garçon, a dit
l'homme. Tu l'as bien méritée.

— NOUS l'avons bien méritée, a corrigé Victor en
m'en remettant une partie.

— Mais c'est une fortune ! ai-je protesté, émue par
sa générosité.

L'organisateur a demandé à mon ami s'il était
intéressé à faire une tournée dans le pays.
Victor allait pouvoir gagner beaucoup plus d'argent
qu'à la ferme. J'avais peur de ne plus le revoir...
Mais Victor a refusé poliment.

— La guerre n'est pas finie. Nous avons trop à faire
sur la ferme, cette grande fille et moi...
J'avais les larmes aux yeux. La force de Victor
n'avait d'égale que son grand cœur.

Quelques mois plus tard, la guerre a pris fin. Tout le monde fêtait, dansait, chantait. Et mon frère Charles est revenu parmi nous. Ce jour aurait dû être le plus beau de ma vie. Mais je n'arrivais pas à me réjouir, parce c'est aussi ce jour-là que notre garçon de ferme est remonté à bord du gros et bruyant train à vapeur.

Il se prénommait Victor, et son nom de famille, avec ses Y, ses K et ses W, était Stankowsky. Il était mon héros… et mon ami !